AF302211

Contes des frères Grimm

FichesdeLecture.com

Contes des frères Grimm (Fiche de lecture)

I. INTRODUCTION

Jacob et Wilhelm Grimm sont deux écrivains et érudits allemands. Jacob est né le 4 janvier 1785 et Wilhelm, le 24 février 1786. Ils font leurs études à l'université de Marbourg, Jacob comme philologue (il s'intéresse particulièrement à la littérature médiévale et à la linguistique) et Wilhelm comme critique littéraire. En 1841, suite à l'invitation de Frédéric-Guillaume IV de Prusse, les deux frères s'installent à Berlin et deviennent professeurs dans l'université impériale. Ils y restent jusqu'à leur mort, soit le 16 décembre 1859 pour Wilhelm et le 20 septembre 1863 pour Jacob.

En tant que linguiste, l'œuvre majeure de Jacob Grimm est sa *Deutsche Grammatik* (*Grammaireallemande*) écrite et publiée entre 1819 et 1837. Celle-ci est généralement considérée comme le fondement de la philologie allemande. Dans la deuxième édition, parue en 1822, Grimm expose sa loi sur le changement et le déplacement des sons. Cette loi contribua à la reconstitution des langues mortes. Il écrivit également *Über d'en altdeutschen Meistergesang* (*Poésie des maîtres chanteurs*) en 1811, *Deutsche Mythologie* (*Mythologie allemande*) en 1835 ainsi qu'une *Geschichte der deutschen Sprache* (*Histoire de la langue allemande*) en 1848.

Au nombre des publications de son frère Wilhelm Grimm se trouvent plusieurs livres ayant pour thème la littérature et les traditions populaires allemandes, parmi lesquels les *Altdänische Heldenlieder* (*Anciens chants héroïques danois*) en 1811, *Die deutschen Heldensage* (*Les Légendes héroïques de l'ancienne Germanie*) en 1829, *Rolandslied* (*La Chanson de Roland*) en 1838 et *Altdeutsche Gespräche* (*Ancien dialecte allemand*) en 1851.

Les frères Grimm travaillent ensemble sur nombre d'autres ouvrages. Ils publient notamment en 1852 le premier volume du monumental et classique *Deutsches Wörterbuch* (*Dictionnaire allemand*), qui est achevé par d'autres érudits en 1958.

II. COMPOSITION DES CONTES

Jacob et Wilhelm Grimm s'intéressent également aux contes allemands. Après les avoir réunis à partir de différentes sources, ils les publient en deux volumes sous le titre de *Kinder- und Hausmärchen* (*Contes pour les enfants et les parents*) en 1812 et 1815. Le premier volume, intitulé *Les Contes pour enfants*, contenait 86 contes. Le second, intitulé *Les Contes de Fées de Grimm*, contenait 70 histoires. Ce second volume est réimprimé sous forme augmentée en 1819. Les remarques sur les contes des deux volumes sont publiées dans un troisième en 1822.

Une nouvelle publication sous une forme réduite à un volume s'ensuit en 1825. Cette dernière contribua fortement à la popularisation des contes.

Une nouvelle édition paraît en 1857. Elle est le fameux livre intitulé *Contes de Grimm*. Elle contient plus de 299 histoires. Ce recueil est probablement le travail le mieux connu de la littérature allemande. Même si vous ne connaissez pas les frères Grimm, vous connaissez sans aucun doute un de leurs contes.

Les *Contes de Grimm* incluent des histoires de roi, de magie et d'animaux parlants. Même si parfois les histoires semblent effrayantes, les contes nous aident à passer au travers de nos peurs. Elles nous enseignent souvent des leçons de morales et ce qui est bien et ce qui est mal.

Les contes les plus célèbres des frères Grimm sont sans conteste :
- *Blanche-Neige*
- *Cendrillon* (Charles Perrault est l'inventeur de ce conte ; les frères Grimm ont repris et modifié ce conte)
- *La Belle au Bois Dormant* (Charles Perrault est l'inventeur de ce conte ; les frères Grimm ont repris et modifié ce conte)
- *Le Petit Chaperon rouge* (Charles Perrault est l'inventeur de ce conte ; les frères Grimm ont repris et modifié ce conte)
- *Le Roi de la Montagne d'Or*
- *Les Musiciens de Brême*
- *Le Vaillant Petit Tailleur*
- *Madame Holle*
- *Frérot et Sœurette*
- *Hansel et Gretel*
- *Neige-Blanche et Rouge-Rose*
- *Raiponce*

- *Nain Tracassin*
- *Tom Pouce*
- *Le Roi Barbe d'Ours*
- *La Petite Gardeuse d'oies*
- *La Vraie Fiancée*
- *L'eau de la Vie*

Il faut remarquer que de nombreux contes des frères Grimm sont les mêmes que ceux de Charles Perrault, écrits au XVIIIe siècle. Mais ce qui les différencie le plus est la violence et la cruauté dont sont emplis les contes des Grimm. Par exemple, dans le *Cendrillon* de Perrault, les deux vilaines sœurs épousent des seigneurs de la cour ; dans le conte des Grimm, elles ont les yeux crevés par des colombes. Leur morale est souvent sans pitié et sans compromis.

III. AXES DE LECTURE

Le genre du conte

Le conte est un genre caractérisé par trois critères principaux. Tout d'abord, il raconte des évènements imaginaires, voire merveilleux, dans un style relativement neutre. Ensuite, sa vocation est de distraire, tout en portant souvent une morale. Enfin, le conte exprime une tradition orale ancestrale et quasi universelle. Ces trois caractéristiques se retrouvent facilement dans les *Contes de Grimm*.

Les histoires racontées sont connues dans l'imaginaire collectif. Elles mettent en scène des personnages merveilleux (des fées, des sorcières, des êtres très petits, etc.). La magie a une grande place dans certains de ces contes.

Ces récits sont destinés à des enfants. Les Grimm, loin de vouloir les effrayer sans raison, tendent à moraliser les histoires populaires. Ainsi, dans *Le Petit Chaperon Rouge*, les loups sont dangereux pour les jeunes filles.

Enfin, ces contes ont été recueillis de la tradition populaire et orale. Leurs caractères universel et intemporel sont indéniables.

À une époque où se forme la figure, voire le mythe de l'écrivain, surgit une parole collective – ou du moins, comme on l'a vu, sa fiction – racontant différentes épreuves de l'existence sur le mode du merveilleux. Cette parole dite anonyme et ancestrale hante la littérature moderne, comme on s'en rend compte en lisant des auteurs qui s'en sont nourris, qu'on pense au grand Robert Walser qui doit tant aux Grimm.

L'écriture des *Contes de Grimm*

Les *Contes pour les enfants et les parents* sont publiés en deux volumes en 1812 et 1815. À cette époque, les frères Grimm bénéficiaient d'un contexte favorable. En effet, plusieurs auteurs allemands, tel Goethe, s'étaient tournés avant eux vers l'écriture de conte, donnant à ce qui n'était pas encore un genre littéraire à part entière en Allemagne une légitimité croissante. C'est grâce à cette vogue dans le milieu littéraire qu'on commença à s'intéresser aux contes populaires, qui risquaient de s'effacer des mémoires dans un monde où la tradition orale cédait du terrain face à une plus grande diffusion des livres et un accès plus large du peuple à ceux-ci.

Les frères Grimm sentirent donc l'urgence qu'il y avait à recueillir au plus vite ces récits qu'ils confondaient, comme les romantiques de leur temps, avec une tradition nationale en même temps qu'avec une poésie naturelle tendant à l'universel. Très vite, ils ont insisté sur l'origine populaire de ces récits. Désireux de se distinguer des auteurs de contes de leur époque – notamment Brentano et Arnim –, ils se présentèrent comme de simples collecteurs d'histoires merveilleuses issues de la bouche même des paysans rencontrés dans la campagne de la Hesse où vivaient les deux frères. Mais la vérité est tout autre : les informatrices des Grimm étaient des femmes de la haute bourgeoisie cultivée de Kassel ou de la noblesse de Westphalie ayant une bonne connaissance du français en raison, pour certaines, de leurs origines huguenotes. Parmi elles, la plus connue est Dorothea Viehmann. À elle seule, elle a fourni plus de 30 textes du recueil. Elle fut présentée – et cette image perdure jusqu'à aujourd'hui – comme une authentique paysanne hessoise, personnification même de la conteuse. En plus de cette origine sociale des informatrices qui n'était donc pas issue du « bas peuple », il faut, pour dépasser la légende, savoir que les Grimm retravaillaient les textes à chaque nouvelle édition, rompant donc, mais sans le dire, avec la démarche scientifique qu'ils prétendaient suivre en recueillant simplement la parole populaire.

Originalité des *Contes de Grimm*

Ce qui fait l'originalité des contes de Grimm, c'est, comme leur titre l'indique, qu'ils s'adressent directement aux enfants. Avec les philanthropes de leur temps, ils participent de la création de la littérature enfantine – en rupture donc avec un XVIIIe siècle où l'enfant était un être sans autonomie, juste bon à être éduqué pour en faire un adulte. Quelques années auparavant, Novalis avait écrit : « Là où il y a des enfants se trouve l'Âge d'or ». Sous la plume des Grimm, on peut lire (préface à la première édition du tome 1, traduite dans cette édition) : « Pour ce qui est de la substance de ces contes, ils sont traversés par la même pureté que celle qui fait que les enfants nous semblent si merveilleux et bienheureux ; les contes ont, pour ainsi dire, les mêmes yeux d'un bleu presque blanc, parfaits et brillants (…) ». Idéalisation de l'enfance qui se double toutefois de la dure, parfois de l'atroce réalité du conte, où inceste et meurtre peuvent se produire, faisant de l'enfant un être menacé, soumis à des dangers divers auxquels il lui faudra échapper s'il veut grandir.

Ce qui frappe à la lecture de plusieurs contes de ce recueil si fameux, c'est leur dimension universelle. Ainsi de *Hans-la-Chance*, par exemple, qui raconte l'histoire d'un garçon de ferme ayant travaillé au service de son maître pendant sept ans et qui, au moment de le quitter pour rentrer chez sa mère, reçoit comme salaire une pépite d'or qu'il échange contre un cheval, puis contre une vache, et ainsi de suite jusqu'à se retrouver en possession d'une pierre à aiguiser qu'il fait tomber au fond d'un puits. L'histoire s'achève sur ces mots :

> « Il n'est pas d'homme aussi heureux que moi sous le soleil »,
> s'exclama-t-il. Et, le cœur léger et débarrassé de tout fardeau,
> il s'élança de nouveau sur son chemin, jusqu'à ce qu'il arrive chez
> sa mère.

L'étonnant dans ce conte, c'est qu'il suffirait de remplacer le prénom allemand du héros par un prénom japonais pour qu'on le lise comme un conte zen ! Il en est de même d'un conte écarté du recueil, *Le malheur*, à la fois si tragique et si absurde qu'il rappelle le climat de certains textes de Michaux.

Dans la même collection en numérique

Les Misérables
Le messager d'Athènes
Candide
L'Etranger
Rhinocéros
Antigone
Le père Goriot
La Peste
Balzac et la petite tailleuse chinoise
Le Roi Arthur
L'Avare
Pierre et Jean
L'Homme qui a séduit le soleil
Alcools
L'Affaire Caïus
La gloire de mon père
L'Ordinatueur
Le médecin malgré lui
La rivière à l'envers - Tomek
Le Journal d'Anne Frank
Le monde perdu
Le royaume de Kensuké
Un Sac De Billes
Baby-sitter blues
Le fantôme de maître Guillemin
Trois contes
Kamo, l'agence Babel
Le Garçon en pyjama rayé
Les Contemplations

Escadrille 80

Inconnu à cette adresse

La controverse de Valladolid

Les Vilains petits canards

Une partie de campagne

Cahier d'un retour au pays natal

Dora Bruder

L'Enfant et la rivière

Moderato Cantabile

Alice au pays des merveilles

Le faucon déniché

Une vie

Chronique des Indiens Guayaki

Je voudrais que quelqu'un m'attende quelque part

La nuit de Valognes

Œdipe

Disparition Programmée

Education européenne

L'auberge rouge

L'Illiade

Le voyage de Monsieur Perrichon

Lucrèce Borgia

Paul et Virginie

Ursule Mirouët

Discours sur les fondements de l'inégalité

L'adversaire

La petite Fadette

La prochaine fois

Le blé en herbe

Le Mystère de la Chambre Jaune

Les Hauts des Hurlevent

Les perses

Mondo et autres histoires

Vingt mille lieues sous les mers

99 francs

Arria Marcella

Chante Luna

Emile, ou de l'éducation
Histoires extraordinaires
L'homme invisible
La bibliothécaire
La cicatrice
La croix des pauvres
La fille du capitaine
Le Crime de l'Orient-Express
Le Faucon malté
Le hussard sur le toit
Le Livre dont vous êtes la victime
Les cinq écus de Bretagne
No pasarán, le jeu
Quand j'avais cinq ans je m'ai tué
Si tu veux être mon amie
Tristan et Iseult
Une bouteille dans la mer de Gaza
Cent ans de solitude
Contes à l'envers
Contes et nouvelles en vers
Dalva
Jean de Florette
L'homme qui voulait être heureux
L'île mystérieuse
La Dame aux camélias
La petite sirène
La planète des singes
La Religieuse
1984 A l'Ouest rien de nouveau
Aliocha
Andromaque
Au bonheur des dames
Bel ami
Bérénice
Caligula
Cannibale
Carmen

Chronique d'une mort annoncée
Contes des frères Grimm
Cyrano de Bergerac
Des souris et des hommes
Deux ans de vacances
Dom Juan
Electre
En attendant Godot
Enfance
Eugénie Grandet
Fahrenheit 451
Fin de partie
Frankenstein
Gargantua
Germinal
Hamlet
Horace
Huis Clos
Jacques le fataliste
Jane Eyre
Knock
L'homme qui rit
La Bête humaine
La Cantatrice Chauve
La chartreuse de Parme
La cousine Bette
La Curée
La Farce de Maitre Pathelin
La ferme des animaux
La guerre de Troie n'aura pas lieu
La leçon
La Machine Infernale
La métamorphose
La mort du roi Tsongor
La nuit des temps
La nuit du renard
La Parure

La peau de chagrin
La Petite Fille de Monsieur Linh
La Photo qui tue
La Plage d'Ostende
La princesse de Clèves
La promesse de l'aube
La Vénus d'Ille
La vie devant soi
L'alchimiste
L'Amant
L'Ami retrouvé
L'appel de la forêt
L'assassin habite au 21
L'assommoir
L'attentat
L'attrape-coeurs
Le Bal
Le Barbier de Séville
Le Bourgeois Gentilhomme
Le Capitaine Fracasse
Le chat noir
Le chien des Baskerville
Le Cid
Le Colonel Chabert
Le Comte de Monte-Cristo
Le dernier jour d'un condamné
Le diable au corps
Le Grand Meaulnes
Le Grand Troupeau
Le Horla
Le jeu de l'amour et du hasard
Le Joueur d'échecs
Le Lion
Le liseur
Le malade imaginaire
Le Mariage de Figaro
Le meilleur des mondes

Le Monde comme il va

Le Parfum

Le Passeur

Le Petit Prince

Le pianiste

Le Prince

Le Roman de la momie

Le Roman de Renart

Le Rouge et le Noir

Le Soleil des Scortas

Le Tartuffe

Le vieux qui lisait des romans d'amour

L'Ecole des Femmes

L'Ecume Des Jours

Les Bonnes

Les Caprices de Marianne

Les cerfs-volants de Kaboul

Les contes de la Bécasse

Les dix petits nègres

Les femmes savantes

Les fourberies de Scapin

Les Justes

Les Lettres Persanes

Les liaisons dangereuses

Les Métamorphoses

Les Mouches

Les Trois mousquetaires

L'étrange cas du Dr Jekyll et de Mr Hyde

L'Ile Au Trésor

L'île des esclaves

L'illusion comique

L'Ingénu

L'Odyssée

L'Ombre du vent

Lorenzaccio

Madame Bovary

Manon Lescaut

Micromégas

Mon ami Frédéric

Mon bel oranger

Nana

Ne tirez pas sur l'oiseau moqueur

Notre-Dame de Paris

Oliver twist

On ne badine pas avec l'amour

Oscar et la dame rose

Pantagruel

Le Misanthrope

Perceval ou le conte du Graal

Phèdre

Ravage

Roméo et Juliette

Ruy Blas

Sa Majesté des Mouches

Si c'est un homme

Stupeur et tremblements

Supplément au voyage de Bougainville

Tanguy

Thérèse Desqueyroux

Thérèse Raquin

Ubu Roi

Un Barrage contre le Pacifique

Un long dimanche de fiançailles

Un secret

Vendredi ou la vie sauvage

Vipère au poing

Voyage au bout de la nuit

Voyage au centre de la terre

Yvain ou le Chevalier au lion

Zadig

À propos de la collection

La série FichesdeLecture.com offre des contenus éducatifs aux étudiants et aux professeurs tels que : des résumés, des analyses littéraires, des questionnaires et des commentaires sur la littérature moderne et classique. Nos documents sont prévus comme des compléments à la lecture des oeuvres originales et aide les étudiants à comprendre la littérature.

Fondé en 2001, notre site FichesdeLectures.com s'est développé très rapidement et propose désormais plus de 2500 documents directement téléchargeables en ligne, devenant ainsi le premier site d'analyses littéraires en ligne de langue française.

FichesdeLecture est partenaire du Ministère de l'Education du Luxembourg depuis 2009.

Plus d'informations sur www.fichesdelecture.com

© FichesDeLecture.com
Tous droits réservés
www.fichesdelecture.com

ISBN: 978-2-511-02925-1

Notes :